커튼콜

커튼콜

조우리 소설 ― 공공 그림

창비

차 례

커튼콜

연극부가 반년 동안 준비한 창작 연극 「파도」의 막이 올랐다. 은비는 주인공을 맡아 무대에 섰다. 객석에 앉은 사람들의 기대 어린 시선이 자신을 향해 모이는 것이 은비에게 생생히 느껴졌다.

이제 은비는 바닷가 마을에서 서퍼를 꿈꾸는 소녀 '루나'가 되어야 했다. 마음속에 일렁이는 불안을 감춘 채 연기해야 했다. 아무렇지 않다는 듯이.

중학교 연극부 정기 공연 무대에서는 절대 긴장 따위 하지 않는 당당한 천은비로. 모두의 오해 속에서.

하지만 그 순간 은비는 깨달았다. 오해받은 채로 살아도 괜찮다는 생각은 어리석은 착각이었다. 해명하는 과정이 괴롭다고 해서 그대로 내버려 두는 건 결코 옳은 선택이 아니었다. 은비는 뒤늦게 자신의 실수를 알게 되었지만 어떻게 해야 되돌릴 수 있는지까지는 알지 못했다. 산책을 하다가 느닷없이 날아온 공에 맞은 기분이었다. 놀라고 아파서 울고 싶었지만 지금은 그럴 수가 없었다. 이미 막은 올랐고 은비는 무대 위에 있었으니까. 무대에선 배우는 연기를 해야 했다. 그건 은비도 알았다.

"왜 그래, 루나야. 무슨 고민 있어?"

 루나의 친구 '아리에트' 역을 맡은 윤서가 은비에게 다가와 어깨에 손을 얹었다. 정해진 대사도 동작도 아니었다. 윤서의 얼굴에 당황한 기색이 역력했다. 은비가 대사를 할 타이밍을 놓쳤기 때문에 적당한 말을 급하게 내뱉은 듯했다. 윤서의 어깨 너머로 무대 밖, 대기 공간에 있는 부원들 얼굴이 보였다. 은비는 그 애들이 자신을 한심하게 볼 거라고 생각했다. 자격도 없는 천은비가 주연을 맡아서 우리 연극을 다 망치고 있다고, 그렇게 비난하는 목소리가 들리는 것만 같았다.

 부원들 사이에는 연출을 맡은 혜원도 있었다. 은비와 혜원의 눈이 마주쳤다. 혜원이 은비를 향해

손을 흔들며 입 모양으로 외쳤다. 얼른 시작해, 괜찮아!

은비는 고개를 돌려 객석을 바라보았다. 연극부원들의 가족과 친구들의 얼굴이 보였다. 맨 앞줄에는 꽃다발을 든 은비 부모님도 앉아 있었다. 그리고 교장 선생님. 은비의 예술고등학교 지원서에 도장을 찍어 주어야 할 교장 선생님이 옆자리에 앉은 다른 선생님에게 귓속말을 하고 있었다. 혹시 이런 말을 하고 있는 건 아닐까. 그 유명한 천은비가 얼마나 잘하나 어디 한번 볼까요.

막이 오른 뒤 첫 대사를 하는 대신 우두커니 서 있는 은비에게 윤서가 애드리브로 대사를 건넨 건 사실 삼 분도 되지 않는 짧은 순간이었지만, 은비는 시간이 아주 느리게 흐르는 것처럼 느껴졌다.

은비는 물론이고 무대 위에 함께 있던 윤서, 그리고 무대 밖에서 대기하고 있던 연극부원 모두에게 그 삼 분은 지금껏 겪었던 어떤 삼 분보다도 지독히 길게 느껴졌을 것이었다.

은비는 일단 한 발을 뗐다. 그러자 연습으로 단련된 몸이 은비를 무대 앞쪽으로 밀고 나갔다. 정신 차려야지. 절대로 이 무대를 망쳐서는 안 돼. 은비가 자신을 다독이며 약속된 위치까지 걸어가자 자연스럽게 입이 열렸다. 드디어 첫 대사였다.

"파도를 타고 싶어. 아직 해 본 적 없지만 나는 내가 잘할 수 있다는 걸 알아."

＊

　―그 얘기 들었어?

　―무슨 얘기?

　―예고 지원서 말이야. 부별로 한 사람만 쓸 수 있
　　대. 교장이 도장을 한 사람씩만 찍는대.

　그 소문은 「파도」의 주인공을 정하는 오디션 날
아침에 퍼졌다. 연극부 단체 메시지방은 금세 소란
스러워졌다. 처음 메시지를 남긴 부원은 미술부인
친구에게 들었다면서 벌써 합창부도 댄스부도 소
식을 듣고 난리가 났다고 전했다.

　―그런 게 어딨어?

—우리 교장이 예체능 완전 싫어하잖아. 지원서 다
 자르라고 했대.

—한 사람이면 누구만 된다는 거야?

—부장인가?

—미술부는 대회 입상한 결과로 결정할 거 같대.

—그럼 우린 이번 정기 공연 주인공 아닐까?

은비가 등굣길에 확인한 메시지는 거기까지였
다. 일과 시간 동안 스마트폰은 사용 금지였다. 교
실에 들어서면 스마트폰을 제출해야 했다. 조회 시
간에 담임 선생님이 걷어서 교탁 아래 자물쇠 달린
상자에 넣어 두었다가 종례를 마친 다음 돌려주었
다. 교장 선생님의 지시 때문이었다. 교장 선생님
은 학생의 본분은 공부이고 학교에서는 최선을 다

해 공부에 집중해야 한다고 틈날 때마다 강조했다. 예체능 동아리보다는 심화 학습 동아리가 학생들에게 더 좋다고도. 그런 교장 선생님이라면 예술고등학교 지원을 모두에게 허락하지 않을 수도 있다고 은비는 생각했다.

연극부에서 딱 한 사람, 주인공만 지원서를 쓸 수 있다면 은비는 반드시 주인공이 되어야 했다. 예술고등학교 연극영화과에 입학하기 위해 부모님을 힘들게 설득해 겨우 허락을 받은 게 얼마 전이었다. 원서를 쓰지 못해 입학시험에 응시조차 못 하는 건 상상만으로도 끔찍했다. 은비는 오디션에서 주인공 역할을 따내고 공연을 멋지게 마쳐서 당당히 지원서에 교장 선생님의 도장을 받겠다고 다짐했다.

은비는 하루 종일 오디션 생각만 했다. 수업 시간에도 교과서 밑에 대본을 숨겨 두고 몰래 들여다보았다. 툭 치면 대사를 줄줄 읊을 수 있을 정도로 열심히 외웠다. 쉬는 시간에는 가만히 눈을 감고 머릿속으로 무대를 상상하며 무대에서 해야 할 동작들을 그려 보았다. 바닷가 마을에서 태어난 주인공 루나가 일상의 풍경이던 바다에서 다른 가능성을 발견하고 놀란 순간을, 배를 타고 그물을 던지는 일이 전부가 아니라는 걸 깨닫고 벅차오른 그 마음을 이해하려 애썼다. 마침내 파도에 올라탄 서퍼가 되었을 때, 루나는 얼마나 행복할까.

오디션은 방과 후 연극부실에서 진행될 예정이었다. 점심시간이 되었지만 은비는 긴장해서 배도 고프지 않았다. 하지만 잘 먹고 힘을 내야겠다는

생각에 급식실로 향했다. 그리고 입구에서 연극부
부장인 혜원과 마주쳤다.

"은비야, 마침 잘 만났네. 오늘 오디션 말이야,
네가 첫 번째 순서가 됐어."
"네 번째 아니었어?"
"1, 2학년 애들이 이번 오디션 포기하겠대. 3학
년한테 양보해야 할 것 같다나."

지원서에 대한 소문 때문이었다. 혜원은 그건
다 핑계이고 자신이 없어서 그럴 것이라며, 신경
쓰지 말고 최선을 다하라고
은비를 응원했다.

"당연하지!

나 꼭 주인공이 될 거야."

"그래, 천은비 파이팅!"

혜원의 같은 반 친구들이 부르자
혜원은 은비에게 손을 흔들고는 멀어
졌다. 은비도 웃으면서 손을 흔들어 주었
다. 혜원의 앞에서는 덤덤한 척했지만
은비는 사실 많이 불안했다. 잘할 수
있을까 걱정이 되어서 밥도 잘 넘어가지 않았다.
식판에 받은 음식을 반도 넘게 남겼다. 차라리 혜
원에게 솔직하게 이야기할걸 그랬나 싶기도 했다.
너무 떨린다고. 잘할 수 있을지 모르겠다고. 무섭
다고.

*

　　혜원과 은비는 예전엔 단짝이었다. 초등학교에 입학해서 만난 첫 짝꿍이었고, 다음 해에도 같은 반이 되면서 당연하다는 듯이 항상 붙어 다녔다. 서로의 집에도 자주 놀러 갔고 매일매일 어울려 놀았다. 은비가 아역 배우로 활동을 시작하기 전까지는 그랬다.

　　은비의 데뷔작인 「사슴벌레의 사랑」은 높은 시청률을 기록하며 사람들의 관심을 모은 국민 드라마였다. 주인공 '동미' 역을 연기한 배우는 '어린 동미' 역을 맡은 은비가 자신의 어린 시절 모습을 꼭 닮았다며 신기해했다. 토크 쇼에 출연한 그 배우가 자신의 어릴 적 사진을 공개하며 은비와 너무

비슷하지 않으냐고 놀라는 모습이 기사에 실려 화제에 오르기도 했다. 은비가 그의 조카라는 헛소문이 퍼지는 해프닝도 있었다.

드라마가 인기를 얻으면서 은비는 인터뷰도 하고 광고도 찍었다. 다른 드라마에도 잇달아 캐스팅되었다. 연말 시상식에서는 아역 배우상도 받았다. 하지만 그때 은비는 연기가 뭔지 잘 몰랐다. 배우라는 직업에도 별 관심이 없었다. 그저 어른들이 시키는 대로 움직이고 대본에 쓰인 그대로 대사를 외우면 칭찬을 받았다. 그것만으로 좋았다.

학교보다 촬영장에서 보내는 시간이 길어지면서 은비는 혜원과 자연히 멀어졌다. 혜원이 전학을 갔다는 사실도 뒤늦게 알 정도였다. 서운할 틈도 없었다. 길을 걸을 때면 모르는 사람들이 말을

걸어 왔다. 드라마 잘 보고 있다고, 너무 잘한다고, 팬이라고. 사인을 해 달라거나 사진을 같이 찍자는 말을 들으면 어쩐지 어깨가 으쓱했다. 오랜만에 학교에 가면 처음 보는 아이들이 우르르 몰려와 은비를 둘러쌌다.

"너 일 분 만에 울 수 있어?"

"야, 일 분이면 나도 울지. 얘는 삼십 초면 눈물 바로 나올걸?"

"연예인 누구누구 봤어? 친한 연예인도 있어?"

"돈도 많이 벌었지?"

호기심 어린 질문에 은비는 그저 웃어 보였다. 대답할 말이 떠오르지 않아서였다. 아이들이 궁금해하는 것을 은비는 깊게 생각해 본 적이 없었다. 눈물 연기? 해야 하면 해야지. 연예인? 신기하긴 하지만 그저 낯설게 느껴지는 사람들인걸. 돈? 그런 건 엄마가 알 텐데. 자신이 할 수 있는 말은 아이들이 원하는 답이 아닐 것 같아서 은비는 입을 다물었다. 그러면 아이들은 은비에게 무시 당했다며 화를 냈다. 건방지다고, 재수 없다고. 그렇게 수군거리는 소리를 못 들은 척하며 은비는 의연한 자신을 꾸며 냈다. 그때는 연기라는 걸 조금은 할 줄 알아서 다행이라고 생각했다.

　은비는 우연한 계기로 연기를 시작했다. 은비가 부모님과 함께 찾은 쇼핑몰에서 드라마 「사슴벌레의 사랑」 1화를 촬영 중이었고, 하필 그날 카메라 리허설까지 마친 아역 배우가 급성 맹장염으로 구

급차에 실려 갔다. 당황한 조연출의 눈에 띈 것이 마침 주인공 배우와 꼭 닮은 은비였다. 조연출은 감독에게 상황을 설명하고 은비의 부모님에게 혹시 은비를 드라마에 출연시킬 생각이 있는지 물었다. 부모님은 그 역할이 주인공의 아역인 줄도 모른 채 신기한 경험 정도로 여기고 은비에게 한번 해 보라고 권했다. 은비도 고민 없이 고개를 끄덕였다.

그러니까, 일이 이렇게 커질 줄은 몰랐다. 얼떨결에 은비는 주목받는 아역 배우로 살게 되었다. 칭찬을 받고 친절하게 대해 주는 사람들을 만나는 건 좋았지만 그뿐이었다. 은비에게는 더 잘하고 싶다거나 새로운 역할에 도전해 보고 싶다거나 하는 욕심이 생기지 않았다. 도무지 가속도가 붙지 않는 마음으로 주어진 상황을 버텨 낼 뿐이었다. 원하지 않는 자리에 있는 사람은 티가 나기 마련이어서 은비는 또래의 다른 아역 배우들과 잘 어울리지 못했다. 여럿이 함께 대기실을 쓸 때면 혼자 멀찍이 떨어진 구석에 있었다. 다른 아이들이 간식을 나눠 먹거나 서로 상대역을 맡아 주며 연습하는 동안에도 은비는 대본에만 시선을 고정하고 오도카니 앉아 있을 뿐이었다.

그러다 한 번은 갑자기 대기실의 불이 다 꺼졌다. 정전인 줄 알았는데 노랫소리가 들려왔다. 희미한 빛이 일렁이는 쪽으로 고개를 돌려 보니 누군가가 케이크에 꽂힌 초에 소원을 빌고 있었다.

"다음엔 꼭 주인공 하게 해 주세요. 꼭이요."

그때 촬영 중인 드라마의 주인공 아역은 은비였다. 생일을 맞은 아이가 다른 아이들의 박수를 받으며 촛불을 끄는 순간, 은비는 몹시 외로워졌다. 아니, 정확히는 이미 외로웠다는 걸 그때 깨달았다.

은비가 아역 배우 활동을 한 건 딱 1년이었다. 정확히 12개월. 열 살부터 열한 살까지. 계절을 한 바퀴 돌았을 뿐인데 잊히는 데에 몇 배나 되는 시간이 필요했다. 사람들은 '아역 배우 천은비'를 오래 기억했다. 왜 이제는 나오지 않느냐고, 인기가 없어진 거냐고, 혹시 무슨 일이 있었느냐는 질문 앞에서 은비는 침묵했다. 다른 모든 질문들에 그랬던 것처럼. 아무 말도 하지 않는 것 말고는 자신을 지키는 방법을 몰랐다.

급 사라진 아역 배우 천은비 근황.jpg

사진 속 은비는 체육복을 입고 운동장을 달리고 있다. 초등학교 6학년, 아역 배우를 그만둔 지 2년 이 지났을 때였다. 50미터 달리기 기록을 측정하는 중이었다. 은비는 숨까지 참고, 얼굴을 잔뜩 찌푸린 채, 전속력으로 달렸다.

∟대박, 요즘 안 보인 이유가 있었네.

∟헐…… 얘 왜 이렇게 못생겨짐?

∟진짜 천은비 맞음?

∟완전 못 알아볼 뻔!

　은비의 부모님은 학교에 연락해 사진을 찍어 인터넷에 올린 사람을 찾으려고 했지만 은비가 말렸다. 체육 수업 중이었으니 아마 같은 반 학생일 터였다. 그 애의 정체를 밝히는 것은 은비에게 하나도 중요하지 않았다. 이미 사진은 온라인에서 여기저기로 퍼지고 있었으니까. 은비는 매일 포털 사이트 검색창에 자신의 이름을 입력했다. 스트레스로 폭식을 해서 살이 쪘다느니, 스태프들에게 버릇없이 굴어서 잘렸다느니, 연예인이랍시고 주변에 유

세를 떨었다느니 하는 말도 안 되는 댓글까지 굳이 하나하나 찾아 가며 읽었다. 자신에게 좋지 않다는 걸 알면서도 멈출 수가 없었다.

마음에도 굳은살이 생기면 아픔에 무뎌질 줄 알았다. 이미 난 생채기가 아물 틈도 없이 계속 찢기는 줄도 모르고. 약을 바르고 새살이 돋게 해 주는 대신 은비는 자신의 마음이 피를 흘리는 걸 내버려 두었다. 아니 어쩌면 상처가 더 크게 덧나기를 바랐는지도 모른다. 그렇게 곪고 썩어서 마음 같은 건 차라리 전부 없어져 버리기를. 어차피 상처가 나기 전으로는 돌아갈 수 없을 거라고 생각했기 때문이었다.

처음에는 학교를 가지 않았다. 그다음에는 집 밖으로 나가지 않았고, 또 그다음에는 방문을 잠갔다. 이불 속에 누워 스마트폰으로 인터넷 검색만 하면서 하루를 보냈다. 그런 날들이 얼마나 흘렀을까. 은비를 달래다 지쳐 울기도 하고 화까지 내던 부모님조차 은비의 방문을 두드리지 않게 된 어느 날, 은비는 발견했다. 그 댓글을.

┗천은비 진짜 많이 컸다. 완전 반갑네.

하나가 아니었다. 인식하고 나니 그전에는 왜 보이지 않았는지 이상할 정도로 여러 댓글이 눈에 들어왔다. 은비를 비난하는 이상한 가짜 소문뿐만 아니라 반가워하고 궁금해하는 댓글도 많았다.

┗어떻게 지내나 궁금했었는데 이젠 연기 안 하나?

└ 예전에 얘 나오는 드라마 진짜 재밌게 봤었는데.

└ 천은비 연기 잘했는데 다시 나왔으면 좋겠다.

　은비는 자신에 대한 댓글을 읽는 대신 동영상 플랫폼에서 예전에 출연했던 드라마의 영상 클립을 찾아보았다. 겨우 몇 년 전인데 영상 속 모습이 너무나 어리게 느껴졌다. 어떤 장면은 정말 자기가 맞는지 의심스러울 정도로 낯설었고, 어떤 대사는 여전히 토씨 하나 빠뜨리지 않고 또렷하게 기억할 수 있었다. 은비는 그동안 머릿속을 가득 메우고 있던 다른 사람들의 말을 몰아내고 스스로의 시선으로 과거의 모습을 들여다보기 시작했다.

　'저기서 카메라를 좀 더 똑바로 봤어야 했는데.'

　'저 때는 활짝 웃었으면 좋았을걸.'

'여기서 왜 또박또박 말하지 않았을까.'

자꾸만 아쉬웠다. 더 잘할 수 있었을 텐데. 다른 식으로 해 볼 수도 있었을 텐데. 다른 누구도 아닌 은비 자신을 위해서. 그렇게 생각하다 보니 주저앉아 있던 마음이 일어서고, 걷고, 뛰기 시작했다. 점점 더 빠르게 달려 나갔다. 내리막길을 내달리는 것처럼 멈출 수가 없었다. 비로소 연기를 원했다. 더, 더 잘하고 싶었다. 그리고 분명히 그럴 수 있을 것 같았다. 은비는 문을 열고 나왔다. 계절이 바뀌어 있었다.

은비는 중학교에 진학하는 대신 홈스쿨링을 하며 연기 학원을 다니고 싶다고 부모님께 말했다. 마음이 조급했다. 은비와 같은 드라마에 출연했던 또래 아역 배우는 계속 연기 경력을 쌓아 이제는 청소년 드라마에 주연으로 출연하고 있었다. 성인 배우의 어린 시절을 연기하는 게 아니라 당당히 한 명의 배우로서 맡은 배역을 소화하는 모습을 보니 은비도 욕심이 생겼다.

하지만 부모님 생각은 달랐다. 은비가 연기를 하지 않기를 바랐다. 은비가 악성 댓글로 괴로워하는 동안 부모님도 은비를 처음 드라마에 출연시켰던 그날의 성급한 결정을 후회하며 하루도 편히 지내지 못했다. 앞으로 무슨 일이 벌어질지, 그 때문에 은비가 어떤 마음을 감당하게 될지 고민하지 않았던 것에 죄책감을 느꼈다. 은비는 엄마가 소리 내어 우는 모습을 처음 보았다. 아빠가 그렇게 고통스러운 표정을 보인 것도 처음이었다. 은비는 그때와 지금은 다르다고, 그때도 지금도 부모님의 잘

못은 없다고 말하고 싶었다. 하지만 그저 말뿐이어서는 안 된다는 생각이 들었다. 스스로를 의심해 봐야 한다고도 생각했다. 혹시 잠깐 이러다 말면 어쩌지, 그래서 지금의 결정을 또다시 원망하게 된다면……. 분명 은비에게도 부모님에게도 더 큰 상처가 될 것 같았다.

우선 혼자 할 수 있는 일부터 해 보기로 했다. 자신을 시험하기 위한 것이기도 했다. 은비는 중학교에 입학했다. 학교를 마치면 매일 인터넷 동영상을 찾아보며 연기 공부를 했다. 드라마 대사를 받아적으며 연습도 했다. 빽빽하게 채운 노트들이 쌓여 갔다. 연기하는 자기 모습을 스마트폰 카메라로 촬영한 다음 동영상을 보면서 부족한 점을 분석하기도 했다. 그러는 동안 은비의 마음엔 브레이크가

걸리지 않았다. 점점 더 빨리 달려 나가기만 했다. 연기 공부를 하면 할수록 재미있었다. 더 하고 싶었다. 잘하고 싶었다.

어느 날 밤에는 예전처럼 드라마 현장의 '아역 배우 천은비'가 되는 꿈을 꾸기도 했다. 그날 은비는 꿈에서 깨고 싶지 않았다. 판타지 드라마의 주인공이 되면 좋겠다고 생각했다. 잠깐 미래로 가서 중학생이 되었다가 현재의 소중함을 깨닫고 다시 열 살 천은비로 돌아온 거라면 얼마나 좋을까 하고.

중학교 3학년, 이사를 하면서 전학 온 학교에 정기 공연을 하는 연극부가 있다는 사실을 알게 되자 은비는 더 이상 미룰 수가 없었다. 운명의 문이 나타났구나. 그러면 당장 열고 들어가야지. 신입 부

원은 1학년만 받는다는 연극부 담당 선생님의 말
에 은비는 전학생은 예외로 해 주어야 하지 않느냐
고 매달렸다. 부장에게 직접 이야기해 보겠다고 조
른 끝에 연극부실 문을 열고 들어갔더니 혜원이 있
었다.

"안혜원!"
"천은비!"

그동안 잘 지냈냐는 질문도, 다시 만나니 정말
반갑다는 인사도 모두 건너뛰고 은비는 덥석 혜원
의 손부터 잡았다.

"나, 연극부에 들어가고 싶어!"

혜원이 부원들을 설득해 주어서 무사히 연극부에 들어갈 수 있었다. 연극부는 일 년에 두 번, 봄과 가을에 창작 연극을 무대에 올렸다. 부원들이 직접 쓴 극본 중에서 작품을 고르고 오디션으로 배역을 정해 방학 동안 집중 연습을 했다. 은비가 연극부에 들어갔을 때에는 봄 연극「숲을 빠져나가는 다섯 가지 방법」이 무대에 오르는 일만 남아 있었다.

은비는 혹시 단역이라도 맡을 수 있지 않을까 기대했지만 결국 소품팀 보조로 무대 장식을 돕게 되었다. 연극 중간에 숲속 나뭇잎들이 바람에 흔들리는 장면이 있었는데, 소품팀이 나무 뒤에 몸을 숨기고 가지를 흔들어야 했다. 은비는 그때 잠시 무대에 올라간 것만으로도 너무나 마음이 벅찼다. 나무 역을 맡아 가지를 흔드는 연기를 한다고 생각

이 들 정도였다. 가을 연극에서는 꼭 배역을 따내
겠다고 결심했다.

*

"정말 할 수 있는지 어떻게 알아?"

아리에트는 직접 만든 서프보드를 들고 바다로
향하는 루나를 말린다. 고작 나무판자 하나를 믿고
바다에 뛰어들겠다고? 심지어 저 무시무시한 파도
에 올라타겠다고? 그런 걸 네가 할 수 있다고? 아
리에트는 믿지 못한다. 파도를 탄다니. 그런 건 꿈
에서도 생각해 본 적이 없다. 아리에트에게 바다는
두려움의 대상이다. 파도가 언제 거칠어질지는 아

무도 예측할 수 없으니까. 그러니 루나의 행동은 무모하고 위험하게만 보인다. 아리에트는 사랑하는 친구를 위험에 빠뜨리고 싶지 않다.

"난 알 수 있어! 우리가 해낸 모습이 벌써 보이는걸!"

루나는 아리에트와 다르다. 루나에게 바다는 끝없는 탐험의 공간이고 도전을 부르는 가능성의 세계다. 그 도전이 성공한다면 무한한 기쁨이 시작되리라고 믿는다. 그러니 바다는 즐길 수 있는 곳이다. 루나의 머릿속에는 서프보드에 몸을 싣고 파도를 타는 자신의 모습이 생생히 떠오른다. 그리고 루나가 할 수 있다면 아리에트도 할 수 있다. 두 사람은 무엇이든 함께해 온 친구다. 루나는 아리에트에게 손을 내민다.

루나가 아리에트에게 직접 만든 서프보드를 선물하며, 바다에 나가는 걸 망설이는 아리에트를 설득하는 장면이 오디션의 과제였다. 오디션에 참여하는 연극부원들은 주인공 루나와 주인공의 친구 아리에트를 모두 연기해야 했다. 심사위원은 연극부 부장이자 연출을 맡은 혜원, 그리고 「파도」의 극본을 쓴 지민이었다. 심사위원의 평가와 오디션에 참여하지 않은 부원들의 투표를 종합해 가장 높은 점수를 받은 사람이 주인공 루나 역을 맡고 나머지 배역은 심사위원들이 정할 예정이었다.

은비는 아리에트의 대사를 잘 해냈다. 모험에 대한 설렘과 기대를 품고 앞으로 나아가는 루나보다 알지 못하는 위험을 마주한 두려움 때문에 망설이는 아리에트에게 더 공감이 가기도 했다. 그래서였을까. 은비는 마지막 루나의 대사를 틀리고 말았다. 두려워하지 말라고, 아리에트에게 용기를 주는 중요한 대사인데 말을 끝마치기 전에 숨이 모자랐다.

"그래, 아리에트! 그러니까 너무 두려워⋯⋯."

두려워하지 말라고 해야지. 이러면 정반대잖아. 여기서 끝내면 어떡해. 루나가 아닌 은비가 되어 자신을 탓하는 동안 몰입은 깨져 버렸다. 그다음에 이어질 대사가 입 속에서 맴돌기만 할 뿐 밖으로 나오지 않았다.

"두려워…… 두려워……."

"네, 1번 천은비. 여기까지 하죠."

지민이 은비의 오디션을 끝내기 위해 박수를 쳤다. 짝, 짝, 짝. 혜원도 따라서 박수를 쳤지만 참관하던 다른 부원들은 아무도 박수를 치지 않았다. 작게 소곤거리는 소리가 들렸다. 은비는 연극부실을 빠져나와 곧장 화장실로 향했다. 맨 끝 칸으로 들어가서 계속 변기 물을 내렸다. 울음소리가 물소리에 묻히도록.

그러니까 너무 두려워하지 마. 내가 있잖아. 두려워하지 마. 우린 할 수 있어. 할 수 있어…… 오디션장에서는 누군가가 빼앗아 간 것처럼 사라졌던 말들이 뒤늦게 돌아와 은비의 머릿속을 어지럽

했다. 하지만 할 수 있다고 말할수록 점점 더 작아지기만 하는 은비의 마음은 파도 앞에서 뒷걸음질 치는 아리에트의 목소리로 대꾸했다. 아니, 난 무서워. 못 할 것 같아.

그때 화장실로 들어오는 발소리가 들렸다.

"천은비 선배, 아역 배우 했었대."

"정말? 난 몰랐어."

"게다가 부장 선배랑 옛날부터 친구였다더라."

"어쩐지, 그래서 그랬구나."

그다음 말은 세면대 물소리에 가려 잘 들리지 않았다. 은비는 인기척이 사라질 때까지 숨을 죽이고 있다가 밖으로 나왔다. 연극부실 앞 복도에 오디션 결과가 적힌 종이가 붙어 있었다.

　루나 역: 3학년 천은비.

　복도에 모여 있던 연극부원들이 은비를 힐끔거렸다. 은비는 생각했다. 혜원이 높은 점수를 준 걸까. 아역 배우도 했었으니까 잘할 거라고 지민을

설득했을까. 그래도 다른 부원들은 실수한 은비를 인정하지 않았을 텐데……. 하지만 은비는 주인공을 하고 싶었다.

은비는 자기 앞에 놓인 바다의 이름이 오해라고 생각하기로 했다. 그러니 파도에 올라탄 루나처럼 열심히 연습해서 실력으로 보여 주면 될 거라고, 두려워하는 스스로를 다독였다.

*

"정말 괜찮겠니?"

은비는 엄마의 걱정스러운 목소리에 밝게 웃으며 대답했다. 괜찮다고, 잘할 수 있다고. 아빠는 말없이 은비를 바라보았다. 은비는 아빠의 손을 잡았다. 정말이라고. 오래 생각했고 자신 있다고. 그러니 믿어 달라고.

그건 준비한 대사였다. 예술고등학교 입학시험을 보게 해 달라고 허락을 구하는 딸 캐릭터가 할 만한 대사와 표정을 열심히 연습했다. 자신 있다는 말에는 아직 확신이 없었지만 오래 생각했다는 건 사실이었다. 부모님도 은비가 얼마나 진심인지 알았다. 밤늦도록 방문 밖으로 새어 나오던 불빛과 연기 연습을 하는 목소리에 담긴 은비의 마음을 더는 모른 척할 수 없었다.

은비가 「파도」의 초대권을 건넸을 때, 부모님은 활짝 웃으며 은비를 응원했다. 두 분 모두 직장에 휴가를 내고 객석 가장 앞줄에 앉아 있었다. 은

비는 혹시나 부모님의 실망한 얼굴을 보게 될까 봐
두려웠다.

전체 3막으로 이루어진 「파도」의 1막과 2막에서
은비는 다섯 번의 실수를 했다. 대사 타이밍을 놓
치고, 정해진 위치가 아닌 곳에 서고, 챙겨야 할 소
품 없이 빈손으로 무대에 나갔다. 그럴 때마다 다
른 부원들 덕분에 겨우 위기를 모면할 수 있었다.
특히 윤서의 순발력 있는 대처가 없었더라면 연극
은 중단되었을지도 몰랐다.

2막과 3막 사이에 잠깐 쉬는 시간이 있었다. 대
기실에서 은비는 예전처럼, 구석으로 가서 대본을
들고 앉았다. 밑줄을 긋고 형광펜을 덧칠하고 여기
저기 메모를 적기까지 한 탓에 대본은 너덜너덜한
종이 뭉치가 되어 있었다. 은비는 문득 자신이 노

력해 온 시간이 모두 하찮게 느껴졌다.

아무리 연습을 열심히 하면 뭐 해. 무대에서 제대로 하지도 못하는데. 이럴 거면 '마을 사람 1'이나 맡았어야지. 아니, 그냥 이번에도 소품 담당이나 하는 게 나았을 거야. 루나 역은 윤서가 했어야 해.

마음속의 말이 새어 나오지 않도록 은비는 입술을 깨물었다. 그러고는 크게 심호흡을 했다. 이러면 안 돼. 연극은 시작했고, 아직 끝나지 않았으니까. 눈물을 참고, 3막의 대사들을 확인해야 했다.

"야, 천은비. 너 왜 그렇게 정신을 못 차려?"

고개를 드니 지민이 팔짱을 끼고 서 있었다. 은비는 윤서에게만큼이나 지민에게도 미안했다. 1학년 때부터 열심히 극본을 써서 드디어 3학년 마지막 공연에 올리게 되었는데, 바보 같은 주연 배우가 다 망치고 있었으니까.

"미안해, 정말."

윤서와 지민에게뿐만 아니라 혜원에게도, 다른 부원들에게도, 은비는 미안한 마음뿐이었다. 결국 참았던 눈물이 흘러내리고 말았다.

"야, 내 말은 그런 게 아니고……."

당황한 지민이 은비에게 건넬 휴지를 찾는 사이에 다른 부원들이 은비 주변으로 모여들었다. 윤서

가 다가와 은비의 어깨를 감쌌다.

"은비야, 너무 긴장하지 마. 연극은 처음이잖아. 떨리는 게 당연해."

"미안해, 내가 괜히 루나 역을 욕심내서. 네가 했어야 했는데."

"뭐? 무슨 소리야. 나 너한테 양보한 거 아니야. 네가 루나 역에 더 어울렸던 거지. 그리고 너 정말 열심히 했잖아."

윤서가 말했다. 은비가 얼마나 간절히 오디션을 준비했는지 부원들 모두 알고 있었다고. 은비와 복도에서 마주칠 때마다 항상 품에 대본을 안고 다니는 모습을 보고 다들 자극을 많이 받았다고. 그래서 오디션에서 은비가 마지막 대사를 틀렸을 때 부원 모두가 자기 일처럼 속상해하느라 미처 박수도 치지 못했다고. 지민이 은비에게 휴지를 건넸다.

"넌 내가 대본을 쓰면서 상상했던 루나 같았어. 그래서 너한테 높은 점수를 줬던 거야. 실수는 만회하면 되니까. 그런데 네가 연습하는 동안에도 너무 자신감이 없어 보여서 걱정이었어. 그래서 난 그냥 지금이라도 너무 긴장하지 말라고 말하고 싶었는데……."

배역이 정해진 뒤로 은비는 오디션을 준비하던 때보다 더 열심히 연습했다. 그런데 대사와 동작이 익숙해질수록 오히려 헤매기만 했다. 실수하고 싶지 않아서 조심하고, 잘하고 싶어서 욕심을 내니 생각처럼 되지를 않았다. 그리고 그럴수록 은비는 홀로 연습에만 매달렸다. 혼자서 완벽하게 해내야만 다른 배우들과 호흡을 맞출 때도 잘할 수 있을 거라고 생각했는데, 그건 스스로를 오해 속에 가둬 둔 것이었을까. 은비는 눈물이 멈추지 않았다.

곧 3막이 시작되니 준비하라고 알리기 위해 혜원이 대기실에 들어왔다. 놀란 혜원에게 윤서가 상황을 설명했다.

"송지민, 너 또 시비 거는 말투로 말한 거야?"

"아니, 아니거든!"

혜원이 은비에게 다가와 손을 잡았다.

"은비야, 네가 너무 긴장한 거 같아서 다른 부원들도 조심스러워했어. 너한테 부담 갖지 말라고 더 일찍 얘기했어야 하는데 미안해. 지민이도 말을 좀 쌀쌀맞게 하긴 하지만 마음은 안 그래. 얘가 좋은 말은 대본에 다 써 버려서 말로는 못 하나 봐."

지민이 머쓱한 표정을 지었다. 다른 부원들도 한마디씩 했다. 괜히 부담을 줄까 걱정하는 마음에 응원하지도 못해 미안하다고. 은비가 정말 프로처럼 열심히 연습해서 후배들도 많이 배웠다고. 은비는 눈을 비비지 않도록 조심하면서 눈물을 닦았다.

"그래, 아리에트. 바다는 그냥 바다야. 우리가 지금까지 알던 그 바다. 하지만 바다에서 파도를 타겠다고 결심하면 내 안에서 새로운 바다가 생겨나. 우리가 결정할 수 있어. 그러니까 너무 두려워하지 마. 내가 있잖아."

오디션에서 실수했던 대사를 이번에는 틀리지 않았다. 은비는 루나가 되어 아리에트에게 손을 내밀었다. 윤서가 아리에트의 눈빛으로 고개를 끄덕였다.

"그래, 우린 함께야."

소품팀이 푸른 천을 흔들어 파도를 만들었다. 조명팀이 수면에 부딪치는 햇살을 표현했다. 루나와 아리에트는 각자의 서프보드 위에 엎드려 팔을 저으며 파도를 향해 나아갔다. 은비가 가장 좋아하는 장면이다. 연습을 할 때마다 이 장면에서 항상 눈물이 났다. 그 눈물을 부끄러워하며 몰래 닦아 내는 대신 다른 부원들과 이야기를 나눴으면 더 좋았을 것이다. 왜 눈물이 나는지, 루나와 아리에트는 앞으로 어떻게 살아가게 될지, 파도와 바다는 어떤 의미로 느껴졌는지에 대해서. 연극은 혼자 만

들 수 없고, 연기는 혼자 하는 게 아니니까. 그래서
더 재미있으니까. 은비는 루나가 되어, 아리에트인
윤서의 얼굴을 바라보며 미소 지었다.

마을 사람들 역을 맡은 부원들이 소리쳤다.

"저기 봐, 루나와 아리에트야!"

두 소녀가 파도를 탔다.

*

막이 내리고, 객석에서 큰 박수가 쏟아졌다. 연극이 끝날 때까지 은비는 더 이상 실수하지 않았다. 하지만 무대를 내려오는 은비의 마음은 무겁기만 했다. 부원들에 대한 오해로 딱딱하게 굳었던 마음은 부드럽게 풀어졌지만 무대에서 한 실수들은 여전히 은비의 발목을 붙잡고 있었다. 그래서 대기실로 선뜻 들어가지 못하고 입구에 멈춰 서 있었다.

이대로 도망치고 싶었다. 내가 무슨 연기를 하겠다고. 제대로 하지도 못하면서. 언젠가 인터넷에서 보았던 댓글이 떠올랐다.

└ 재능이 없으면 빨리 포기해야지.

└ 연기도 못하면서 계속 매달리는 것보단 낫지.

└ 얘 말고 잘하는 애들 많잖아.

다 잊어버렸다고 생각했는데 아니었다. 은비의 마음을 무겁게 하는 말들이 순식간에 되살아나 머릿속을 채웠다. 은비는 거대한 파도에 휩쓸려 산산이 부서진 서프보드와 함께 깊은 바닷속으로 가라앉는 것만 같았다. 그 말들이 다 맞는 것은 아닐까. 지금이라도 포기하는 게 옳은 선택일까. 하지만 은비는 이대로 가라앉고 싶지 않았다. 포기하고 싶지 않았다. 실수하고 실망하더라도 팔다리를 버둥대 보고 싶었다.

그때 은비를 물 밖으로 끌어 올리는 듯한 윤서

의 목소리가 들려왔다.

"은비야, 뭐 해. 얼른 가자!"

윤서는 무대 쪽으로 가고 있었다. 연극은 이미
끝났는데.

"왜 무대로 가?"
"왜긴, 커튼콜 해야지."

윤서의 뒤를 이어 다른 부원들도 대기실 밖으로
나왔다. 그리고 다시 무대로 향했다. 다 같이. 윤서
는 커튼콜이 제일 좋다고 했다. 연극이 끝난 뒤 관
객들이 보내는 박수에 화답하는 의미로 연극을 만

든 이들이 다시 무대에 서서 객석을 향해 인사하는
시간.

"연극은 끝났지만 우리의 이야기는 아직 끝나지
않았다는 뜻이지."

무대 위에는 혜원이 이미 마이크를 잡고 있었다.

"연극부의 가을 정기 공연「파도」를 보러 와 주
셔서 감사합니다. 저는 연출을 맡은 3학년 안혜원
입니다. 극본을 쓴 3학년 송지민을 소개하겠습니
다."

객석에서는 끊임없이 박수가 이어졌다. 그 소

리에 이끌리듯 지민이 무대 앞으로 걸어 나갔다. 그리고 고개를 숙여 인사한 뒤 한쪽으로 물러서면서 은비를 향해 팔을 뻗었다. 혜원이 은비를 소개했다.

"우리의 주인공, 루나 역의 3학년 천은비입니다."

은비가 머뭇거리자 윤서가 은비의 손을 잡고 무대 중앙으로 나갔다.

"네, 루나와 뗄 수 없는 단짝 아리에트 역 3학년 김윤서가 같이 인사하겠습니다."

이어서 나머지 배역을 맡은 부원들과 소품팀,

조명팀, 음악팀 부원들이 소개에 맞춰 앞으로 나왔다. 그리고 마지막에는 모두가 나란히 서서, 서로의 손을 잡고 인사를 했다.

은비는 그 순간, 자신이 벌써 다음 커튼콜을 기다린다는 걸 알았다. 앞으로 얼마나 많은 커튼콜이 있을까. 설레는 마음이 파도처럼 넘실거렸다. 우선은 앞으로 사흘 동안 계속될 「파도」의 남은 공연을 실수 없이 마치고 후련하게 커튼콜에 서고 싶었다.

*

「파도」의 마지막 공연이 끝나고 며칠 뒤, 이른 아침부터 연극부 단체 메시지방에 메시지가 우르르 떴다.

―지원서 루머 퍼뜨린 사람 누구야!

―나도 들었어! 미술부 애들은 이미 다 제출했대!

―가지고만 가면 도장 다 찍어 준다더라!

그때, 은비와 윤서, 혜원과 지민은 교장 선생님의 도장이 찍힌 예술고등학교 지원서를 들고 복도를 나란히 걷고 있었다. 곧 「파도」의 앵콜 공연이 예정되어 있었다. '아리에트' 역에는 윤서가, 그리고 주인공 '루나' 역에는 은비가 그대로 캐스팅된 채.

작
가
의
말

조우리

일찍부터 작가가 되고 싶었던 나는 청소년 시절

자주 '재능' 이라는 말이 무겁게 느껴져서 울고 싶은 때가 많았다.

그 시절의 나에게 지금 내가 알고 있는 것을 전해줄 수 있다면 얼마나 좋을까.

막연한 재능보다는 선명한 재미를 따라가라고.

자신이 원하는 것을 분명히 아는 천은비의 이야기를 읽어 주신

독자 여러분께도 같은 말을 전하고 싶다.

우리는 우리가 행복해지는 방법을 이미 알고 있다고.

| 소설의
| 첫 만남 **27**

커튼콜

초판 1쇄 발행 | 2022년 8월 12일
초판 3쇄 발행 | 2023년 5월 30일

지은이 | 조우리
그린이 | 공공
펴낸이 | 강일우
책임편집 | 구본슬
펴낸곳 | (주)창비
등록 | 1986년 8월 5일 제85호
주소 | 10881 경기도 파주시 회동길 184
전화 | 031-955-3333
팩스 | 영업 031-955-3399 편집 031-955-3400
홈페이지 | www.changbi.com
전자우편 | ya@changbi.com

ⓒ 조우리 2022
ISBN 978-89-364-3105-1 44810
ISBN 978-89-364-5965-9 (세트)

＊ 이 책 내용의 전부 또는 일부를 재사용하려면
　 반드시 저작권자와 창비 양측의 동의를 받아야 합니다.
＊ 책값은 뒤표지에 표시되어 있습니다.